AF320550

EL HUMANISMO

El hombre como medida de todas las cosas

Por Delphine Leloup
Traducido por Laura Soler Pinson

EL HUMANISMO

- **¿Cuándo y dónde?** Antes que nada, el humanismo es un movimiento intelectual que surge en Italia durante el Renacimiento, es decir, a finales del siglo XIV, antes de expandirse por el resto de Europa en los siglos XV y XVI.
- **¿Contexto?** Se extiende por Francia gracias a las guerras de Italia (1494-1559), a los numerosos viajes e intercambios entre los eruditos de la época y a la invención de la imprenta, que permite la difusión de conocimientos a gran escala.
- **¿Características?** El humanismo se caracteriza por el redescubrimiento de la Antigüedad grecorromana a través del estudio de los textos originales, pero también por una inmensa sed de conocimientos, una amplia difusión de las ideas, la promoción de las lenguas vernáculas, la importancia que se otorga a la educación y el antropocentrismo.
- **¿Representantes principales?** El italiano Nicolás Maquiavelo (1469-1527), el holandés Erasmo de Róterdam (c. 1469-1536), el inglés

Tomás Moro (1478-1535) y los franceses François Rabelais (c. 1494-1553) y Michel de Montaigne (1533-1592).

Tal y como indica la etimología latina de la palabra «humanista» (*homo*, que significa «hombre»), en general el humanismo designa un movimiento filosófico que se centra en el ser humano y confía en su potencial ilimitado. No obstante, históricamente, en un primer momento se trata de un movimiento intelectual y, a continuación, de una corriente literaria que se inspira en el redescubrimiento de la Antigüedad.

Los primeros humanistas no son más que eruditos que quieren volver a los textos clásicos originales y estudiarlos por su cuenta. Así, desarrollan un conocimiento preciso de las lenguas griega y latina, de la retórica de la época y de la filosofía y de la literatura antiguas. Junto a este interés por la Antigüedad, las bellas artes también despiertan todo el interés de los humanistas que, casi siempre, se expresan en latín y velan por que su estilo concuerde con el de sus modelos antiguos, entre los que se erige como ejemplo absoluto Cicerón (106-43 a. C.). Sin embargo, no solo desean volver a poner de moda las odas y los sonetos de antaño: además, buscan enriquecer las lenguas vernáculas para elevarlas al mismo nivel que el latín. En especial, los humanistas franceses quieren ofrecer una lengua decente a su país que, en ese momento, se encuentra en plena construcción y búsqueda de identidad.

Esta llamada del saber y de la creatividad no se ciñe a fronteras: los conocimientos viajan a la vez que los hombres que los poseen. Los humanistas aman la movilidad y su pasión por la aventura facilita la difusión de conocimientos a todo el continente europeo. De hecho, el concepto Eramus se inspira en esta época.

CONTEXTO

EL RENACIMIENTO ITALIANO

El humanismo nace durante el Renacimiento, un amplio periodo de renovación cultural que empieza en Italia a finales del siglo XIV y que alcanza toda Europa en los siglos XV y XVI. Es la época de los grandes descubrimientos en todos los ámbitos (geográfico, científico, artístico, etc.), y algunos de ellos tienen un impacto profundo en los hombres del Renacimiento. Así ocurre especialmente con el heliocentrismo de Nicolás Copérnico (1473-1543), que establece que solo el sol es fijo, en el centro del universo, lo que relativiza el lugar del individuo en el mundo. En 1492, Cristóbal Colón (c. 1451-1506) descubre América, lo que desvela que la Tierra es redonda y que existe otro continente completamente desconocido, algo que también sacude a todos los europeos.

En el ámbito cultural, el Renacimiento se caracteriza principalmente por el redescubrimiento de la Antigüedad clásica y por una revalorización general del saber. Gutenberg (*c.* 1400-1468) inventa la imprenta en 1448 y, de hecho, esto permite una mejor difusión de los conocimientos a escala europea. Pero no se trata del único medio de transmisión de las nuevas ideas: los eruditos de la época, ávidos de conocimientos y de intercambios, mantienen largas correspondencias y se mueven por todo el continente. En lo que respecta particularmente a las artes, se trata de una época de bonanza, extremadamente prolífica tanto en pintura como en escultura y en arquitectura. En Italia surge un gran número de artistas, a cada cual más prestigioso: Filippo Brunelleschi (1377-1446), Masaccio (1401-1428), Leon Battista Alberti (1404-1472), Sandro Botticelli (1445-1510), Leonardo da Vinci (1452-1519), Rafael (1483-1520), Miguel Ángel (1475-1564), Tiziano (*c.* 1488-1576) y muchos más.

El Renacimiento y la corriente humanista, sucesores de la Edad Media —a la que se considera casi siempre (¡y de forma muy equivocada!) una época de oscuridad— parecen rebosar de promesas. Sin embargo, se desarrollan en el sufrimiento, insertos en un periodo en el que abundan las guerras.

<u>La caída de Constantinopla</u>

La caída de Constantinopla en 1453 contribuye al desarrollo del Renacimiento en Italia y, en general, tiene un impacto duradero en el mundo occidental. En efecto, tras la toma de Constantinopla, capital del Imperio romano de Occidente (también llamado Imperio bizantino), a manos del sultán turco Mehmet II (1432-1481), los sabios griegos huyen de oriente llevándose consigo muchos manuscritos y se refugian en Italia. De esta manera, a los conocimientos occidentales se suman nuevas fuentes de sabiduría.

LAS GUERRAS DE ITALIA

Junto a la imprenta y a los numerosos intercambios entre los hombres del Renacimiento, las guerras de Italia, que asolan la península italiana de 1494 a 1559, también contribuyen en gran medida a que se exporte el Renacimiento y el humanismo a Francia y al resto de Europa.

En el siglo XV, Italia no tiene nada que ver con el país que conocemos actualmente: está fragmentada en una multitud de ciudades-Estado (Florencia, Venecia, Milán, Nápoles, etc.), sin nada que las una. Cada una desarrolla su propia cultura y está regida por los representantes que ha escogido. A finales del siglo XV, Francia aprovecha esta falta de unidad para anexionar ciertos territorios italianos que considera que le pertenecen. En realidad, todo empieza en 1480, cuando el rey de Nápoles, Renato I (1409-1480), muere sin heredero y deja sus tierras al rey de Francia, Carlos VIII (1470-1498). A partir de 1492, este último quiere que se reconozcan sus derechos y prepara la primera guerra de Italia (1494-1495), que le permite asediar el reino de Nápoles. Aunque Carlos VIII logra ser reconocido como soberano, este primer triunfo no es visto con buenos ojos por el papa, que lo insta a volver a Francia. Finalmente, la ciudad de Nápoles es recuperada por la Liga de Venecia.

Pero en seguida el sucesor de Carlos VIII, Luis XII (1462-1515), se lanza a su vez a la conquista de Italia, presentándose como el heredero legítimo del ducado de Milán por sus vínculos de paren-tesco con la familia Visconti. En 1499, toma el Milanesado y recupera el reino de Nápoles gracias a la ayuda del reino de Aragón. No obstante, Francia vuelve a ser expulsada del territorio tras una coalición de sus enemigos. No será hasta 1515 cuando los franceses, dirigidos por Francisco I (1494-1547), recuperarán el ducado de Milán durante la famosa batalla de Marignano, que marca el final provisional de las guerras de Italia. En efecto, se retoman las hostilidades tras la elección de Carlos I de España y V de Alemania (1500-1558) a la cabeza del Sacro Imperio Romano Germánico en 1519. Deseoso por asentar su autoridad en toda Europa, este se anexiona el Milanesado en 1525 antes de conquistar el resto de la península italiana hasta Roma, saqueada en 1527. Por su parte, Francisco I intenta recuperar el ducado de Milán en dos ocasiones (1536-1538 y 1542-1544) y en vano. Las guerras de Italia y, más en general, el conflicto que enfrenta Francia a los Habsburgo, terminan finalmente en 1559 con la Paz de Cateau-Cambrésis, en la que Francia renuncia a Italia.

LA SITUACIÓN DE FRANCIA

En esa misma época, la situación económica de Francia es extremadamente favorable. Tras un periodo particularmente agitado (estragos causados por la peste negra, la guerra de los Cien Años, epidemias, hambruna, crisis económica, conflicto entre los armagnacs y los borgoñones, etc.), el país entra en una fase de reconstrucción a partir de los años 1450 que genera un importante crecimiento económico: los franceses desarrollan considerablemente su comercio exterior e interior, sobre todo gracias al establecimiento de grandes ferias. En el ámbito político, se llevan a cabo importantes reformas militares, institucionales, administrativas y judiciales. En resumen, el país se encuentra en un momento de transición en su evolución.

Sin embargo, a mediados del siglo XVI, unos graves problemas religiosos vienen a ensombrecer este ambiente favorable. A principios del siglo, el teólogo alemán Martín Lutero (1483-1546) denuncia en sus 95 tesis los abusos del clero, en especial, el mercado de las indulgencias, y predica una vuelta a los orígenes del cristianismo. Así, da inicio al amplio movimiento de la Reforma, que da a luz al protestantismo y que divide profundamente al cristianismo. Tras el Concilio de Trento (1545-1563), la Iglesia católica lanza a su vez una

Contrarreforma con el objetivo de recuperar su prestigio y de reconquistar a sus fieles. Por toda Europa, nacen tensiones entre católicos y protestantes, sobre todo en Alemania, los Países Bajos y Francia, donde Francisco I inicia una violenta represión contra los hugonotes —los protestantes franceses— a partir de 1534 tras el asunto de los pasquines: son acusados de herejía y son quemados y masacrados. En los años siguientes, la situación sigue deteriorándose y en 1562 desemboca en las guerras de religión, que enfrentarán a católicos contra protestantes en unos conflictos con una violencia sorprendente hasta 1598. En ese momento, la confianza en la humanidad y el optimismo que caracterizaban al humanismo estallan en pedazos. Ha llegado el final del Renacimiento y es el momento de la duda, de la angustia y del desasosiego.

CARACTERÍSTICAS

EL REDESCUBRIMIENTO DE LA ANTIGÜEDAD

En sentido estricto, el humanismo se define como un movimiento intelectual basado en el estudio crítico que los eruditos del Renacimiento hacen de los textos antiguos en su versión original. Por lo general, el italiano Petrarca (1304-1374) está considerado el padre fundador. Los humanistas, que quitan de los escritos grecorromanos las glosas que se añaden durante toda la Edad Media, redescubren la lengua, el vocabulario, el estilo y las ideas de los grandes autores clásicos en su pureza original. Al hacer esto, perfeccionan su latín y vuelven a aprender el griego antiguo, con lo que se abren a toda una parte de la Antigüedad que hasta entonces había sido descuidada. Ahí encontrarán sobradamente su inspiración los artistas y los escritores del Renacimiento. A los humanistas debemos casi todo lo que conocemos sobre la literatura grecolatina.

| Rafael, *La escuela de Atenas*, 1508-1511, fresco, 500 x 770 cm, Roma, palacio del Vaticano, cámara de la Firma. Este fresco monumental cuyo tema es profundamente humanista reúne a las figuras importantes del pensamiento antiguo.

UNA RENOVACIÓN DE LOS GÉNEROS

El redescubrimiento de la literatura antigua es, además, el origen de una profunda renovación de los géneros literarios. Se rehabilitan géneros antiguos y nacen nuevos géneros inspirados en escritos grecorromanos: la tragedia y la comedia clásicas, la oda, el soneto (inventado por Petrarca), etc.

Sobre todo, se asiste a un aumento del interés por el platonismo, que se vuelve a descubrir gracias a la traducción de las obras de Platón (*c.* 427-347 a. C.) que lleva a cabo el filósofo italiano Marsilio Ficino (1433-1499), animado por la famosa familia Médici. El pensamiento de Platón también alcanzará un gran éxito en Francia, donde surge una corriente neoplatónica.

Pero los humanistas no solo muestran interés por los escritos de la Antigüedad clásica, sino que también aplican su espíritu crítico a los textos litúrgicos, como hace Erasmo, por ejemplo. Este, convencido de que algunas partes de la Biblia no se han traducido correctamente, propone en 1516 una nueva edición grecolatina del *Nuevo Testamento*, realizada a partir de manuscritos griegos. Así, los autores humanistas consideran fundamental el estudio de las lenguas antiguas, como el latín, el griego, el hebreo o el caldeo.

EL LATÍN CONTRA LAS LENGUAS VERNÁCULAS

Sin lugar a dudas, el latín es la lengua privilegiada por los humanistas, que en un primer momento quieren devolverle su pureza original, erigiendo a Cicerón como modelo ideal. De hecho, el italiano Lorenzo Valla (1407-1457) es el autor de una recopilación de giros latinos pulidos, el *Elegantiae linguae latinae* (1440), en el que opone la majestuosa lengua latina a un latín medieval del que se burla por su fealdad y su deterioro. No obstante, a finales del siglo XV, algunos eruditos, como Angelo Poliziano (1454-1494) o Erasmo predican por el contrario un latín más vivo y más concreto. De hecho, el interés de los humanistas por las lenguas antiguas no solo se limita a su aprendizaje: también desean difundirlo al máximo a través de la publicación de gramáticas, diccionarios, ediciones críticas de libros o traducciones de obras.

Además del latín, las lenguas vernáculas también alcanzan un auge sin precedentes. En efecto, existen otros autores que quieren promocionarlas, como ocurre con Dante Alighieri (1265-1321) en Italia y con los miembros de la Pléyade en Francia, como Joachim du Bellay (1522-1560). El primero lanza un auténtico alegato de defensa en favor de la lengua italiana en *De vulgarii eloquentia* (1303-1304), mientras que el segundo publica la famosa *La defensa e ilustración del idioma francés* (1549) —justo diez años después de la ordenanza de Villers-Cotterêts que ya ha estipulado que el francés sea la lengua de la administración y del derecho—. Se trata del primer manifiesto de la lengua francesa, a la que el autor considera capaz de rivalizar con el latín e, incluso, suplantarlo. Entonces, propone que se la enriquezca para convertirla en una lengua de referencia. Muchos escritores humanistas participan en esta tarea e «ilustran» la lengua francesa en obras repletas de arcaísmos, de neologismos, de términos especializados, de préstamos o, incluso, de figuras estilísticas. Pensemos, por ejemplo, en los propios miembros de la Pléyade o en François Rabelais y el lenguaje extravagante de sus protagonistas.

LA PLÉYADE

En el siglo XVI, la Pléyade designa a un

grupo de siete poetas franceses: Peletier du Mans (1517-1582), Pontus de Tyard (1521-1605), Joachim du Bellay, Pierre de Ronsard (1524-1585), Rémi Belleau (1528-1577), Étienne Jodelle (1532-1573) y Jean Antoine de Baïf (1532-1589). Estos autores promueven y enriquecen la lengua francesa a la vez que respetan los modelos antiguos, y desempeñan así un papel importante en la elaboración de una literatura nacional. Pero también están en la raíz de una nueva visión del poeta, al que consideran un artista brillante e inspirado.

LA VALORIZACIÓN DEL SER HUMANO

De manera más general, el humanismo se caracteriza por una mayor confianza en el ser humano y en sus capacidades. Los humanistas, que sitúan al hombre en el centro de sus preocupaciones, lo convierten en la medida de todas las cosas. Cabe señalar que la concepción del mundo difiere totalmente de la que prevalecía en la Edad Media: mientras que el hombre formaba parte de un sistema cerrado sobre sí mismo y dominado por una religión que obliga a sentir culpa, a partir de este momento se inscribe en un mundo abierto y en constante evolución. «No hay nada más admirable en el mundo que el ser humano», escribe Giovanni Pico della Mirandola (1463-1494) en su *Discurso sobre la dignidad del hombre* (1486)

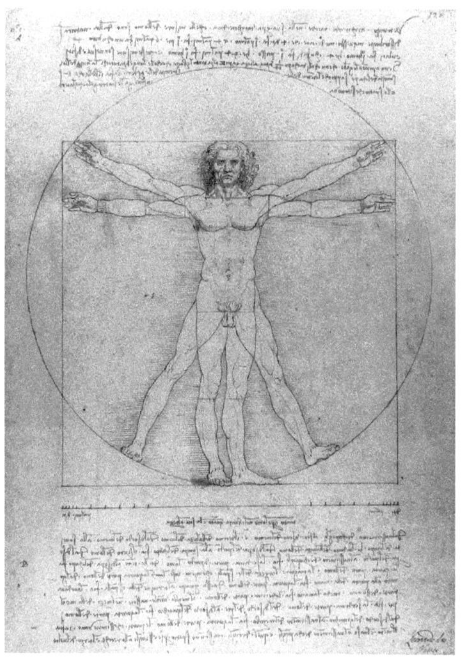

| Da Vinci, Leonardo, *El hombre de Vitruvio*, c. 1492, dibujo, 34,4 x 24,5 cm, Venecia, Galería de la Academia. Este famoso dibujo es elaborado

por Leonardo da Vinci para ilustrar un pasaje del tratado *De Architectura* de Vitruvio (siglo I a. C.), redescubierto en el Renacimiento. Al colocar al hombre en el centro del universo, a menudo está considerado el símbolo del humanismo.

Por lo tanto, no sorprende que la enseñanza sea uno de los temas predilectos de un buen número de escritores humanistas. Estos perciben este campo como el mejor medio para que el hombre se vuelva más independiente, más digno y más humano, gracias al desarrollo de su espíritu crítico y de sus conocimientos. Así, Erasmo, Rabelais o Montaigne, entre otros, dedican muchas páginas al problema de la educación de los niños. El primero, convencido de que el mal no forma parte de la naturaleza humana, sino que proviene de una mala educación, propone en su *De pueris instituendis* (1528) un amplio programa de enseñanza liberal con el objetivo de ayudar a sus contemporáneos a convertirse en hombres gracias al ejercicio de su razón. «El hombre no nace hombre, se hace» (Anaya Leal 2015), dice en una frase que se vuelve famosa. En concreto, considera que el alumno debe experimentar las cosas «en la realidad», en vez de contentarse con aprenderlas a través de los libros, y que es necesario que acumule un máximo de conocimientos, como una enciclopedia, para tener una sabiduría universal y completa del mundo.

Rabelais defiende una concepción similar de la enseñanza. En la famosa carta de Gargantúa a Pantagruel (*Pantagruel*, 1532), Gargantúa incita a su hijo a convertirse en un «abismo de ciencia» (Fuentes s.f.), o dicho con otras palabras, a dominar todos los conocimientos de la época: las lenguas antiguas, las artes liberales, la historia natural, el derecho civil, el arte de la guerra, la medicina, los escritos bíblicos y los textos de los autores grecorromanos... y a todos estos temas también hay que añadir el ejercicio físico, según el principio que defiende un gran número de humanistas: *Mens sana in corpore sano* («Una mente sana en un cuerpo sano»).

Por su parte, Montaigne considera que «vale más una cabeza bien hecha que una cabeza bien llena» (Blanco Narváez 2011), y por ende otorga una importancia clave a la reflexión, al espíritu crítico, a la opinión personal y a la apertura de mente. Más que formar a sabios, quiere buenos ciudadanos que, ante todo, sean capaces de pensar y de actuar según unos valores morales. Sea como fuere, todos los humanistas comparten la idea de que la evolución del mundo y de la sociedad se basa ante todo en una buena educación de la juventud, que debe comenzar lo antes posible.

EL MOMENTO DE CUESTIONAR LAS COSAS

La Edad Media, su sistema feudal y sus desigualdades sociales llevan a los hombres del Renacimiento a reconsiderar el mundo en el que viven y el lugar que cada uno ocupa. ¿Su objetivo? Que la igualdad entre los hombres sea algo más que una utopía y que los poderosos se muestren más justos y más íntegros con sus vasallos. Para ello, recomiendan la laicización de la monarquía, que hasta ahora se calificaba «de derecho divino», y desean que el monarca se convierta en un ser de acción que razone y que no sea ya un instrumento de la voluntad divina. Muchos son los autores que se plantean cuál es el gobierno ideal y el perfil del buen príncipe, pero entre todas las obras dedicadas a este tema, *El príncipe*, de Nicolás Maquiavelo, y *Utopía*, de Tomás Moro, son sin duda las dos más famosas. Mientras que el autor del primero se posiciona como un consejero que espera ayudar al príncipe a dirigir su Estado respetando a todos, el segundo se imagina un Estado utópico en el que reina la paz eterna.

De la misma manera, los humanistas se hacen muchas preguntas sobre el lugar de Dios en el mundo. Aunque aceptan de buena gana verlo como un creador, lo cierto es que consideran que su creación más importante es el ser humano: viene justo después de Dios y, por ello, debe mostrarse digno de él. Además, para los intelectuales de la época, la práctica religiosa es interesante, pero no debe suplantar el interés por la ciencia. Por otra parte, tras los conflictos religiosos que desgarran el siglo XVI, algunos humanistas llevan a cabo una crítica de la religión que a veces es mordaz, como ocurre con Rabelais, por ejemplo, que en sus obras denuncia los abusos del clero y las malas interpretaciones de las Escrituras y recomienda un regreso a los textos originales, como muchos humanistas y como el propio Martín Lutero.

REPRESENTANTES PRINCIPALES

ERASMO DE RÓTERDAM, EL PRÍNCIPE DE LOS HUMANISTAS

| Retrato de Erasmo de Róterdam, de Quentin Metsys (1517).

Erasmo de Róterdam, nacido en dicha ciudad hacia 1469, es uno de los primeros humanistas que no tiene nacionalidad italiana y también uno de los más influyentes de su época. Este hijo ilegítimo de un cura, huérfano desde los catorce años, vive una adolescencia complicada antes de entrar en el convento en 1487. Allí descubre la poesía antigua, a Cicerón, a san Jerónimo y también los escritos de Lorenzo Valla. En 1492 es ordenado sacerdote, pero inicia una serie de viajes en los que visita Francia, Inglaterra (allí conoce a Tomas Moro) e Italia. A lo largo de todo su periplo, entabla múltiples contactos y se dedica a estudiar los textos antiguos, así como el hebreo y el arameo, para saciar su inmensa curiosidad intelectual. La primera edición de sus famosos *Adagia*, una recopilación de máximas sacadas de los autores grecolatinos y de la Biblia, se publica en 1500 en París. Se reeditará más de cincuenta veces durante la vida del autor.

En 1509, cuando vuelve a Londres, Erasmo termina su *Elogio de la locura* (publicado en 1511), escrito en latín y dedicado a su amigo Tomás Moro. Esta obra, repleta de citas y de referencias a la Antigüedad, se trata a la vez de un libro divertido y complejo: la Locura se entrega a su propio elogio mientras critica las distintas clases sociales, entre las que se encuentra el clero. Aunque al principio es un católico convencido, el escritor hiere a los monjes de una forma particularmente virulenta y llega a afirmar que «la mayoría de ellos viven alejados de la religión» (Róterdam s.f.).

En esta misma época, prepara su edición del *Nuevo Testamento* (1516) a partir de textos griegos, con lo que a partir de ese momento abre las puertas a otros traductores, en especial a Martín Lutero. En 1516, entra al servicio de Carlos I de España, a quien dedica *Institución del príncipe cristiano* (1516), que dibuja el retrato del soberano ideal. A continuación, de 1517 a 1521, se instala en Lovaina, en Bélgica, donde funda el Colegio Trilingüe, que promueve la enseñanza del latín, del griego y del hebreo. Pero una polémica con Lutero acerca del libre albedrío lo obliga a retomar su camino: así, acude a Basilea, donde dedica sus últimos días a trabajos sobre la cultura de la oratoria, entre otros.

Erasmo, humanista por su gusto intenso por el viaje y por su asombrosa capacidad para analizar la sociedad en la que vive, también lo es por su ardiente deseo de aprender las lenguas y por su inclinación hacia los textos antiguos. Más que cualquier otro erudito de su época, lleva a cabo un número impresionante de ediciones, de comentarios y de traducciones de autores griegos y latinos (Plauto, Aristóteles, Cicerón, Séneca, Plutarco, etc.), sin contar sus *Adagia* y sus *Coloquios* (recopilación de diálogos latinos), que tienen un enorme impacto en sus contemporáneos. Por todo ello es apodado «el príncipe de los humanistas». Además, el estudio que Erasmo lleva a cabo sobre los textos antiguos conduce al estudio de las Sagradas Escrituras y a una auténtica filosofía religiosa que se presenta sobre todo en *Manual del caballero cristiano* (1503), en el que recomienda un regreso al mensaje original de los Evangelios y a la piedad individual.

TOMÁS MORO Y *UTOPÍA*

| Retrato de Tomás Moro.

Tomás Moro, nacido en 1478 en Londres, es a la vez jurista, político, filósofo, teólogo y escritor. Se trata de uno de los mayores representantes del humanismo en Inglaterra. Se enfrenta a Enrique

VII (1457-1509), por lo que se ve obligado a exiliarse en Francia por un tiempo, antes de iniciar una carrera brillante en política bajo el reinado de Enrique VIII (1491-1547). Es cercano al rey y, poco a poco, va subiendo los escalones: primero es nombrado «embajador extraordinario» en 1515 y, en 1529, se le ofrece el puesto de canciller. No obstante, como hombre de fe, Tomás Moro se muestra reacio ante la idea de que el rey se divorcie de su esposa para casarse con su amante, Ana Bolena (1500-1536). Entonces, tras haberlo ensalzado, Enrique VIII termina por desaprobarlo y manda decapitarlo en Londres en 1535. La devoción y la piedad ejemplares de este hombre llevarán a sus conciudadanos a reclamar su rehabilitación después de su muerte. Finalmente, Moro será canonizado cuatro siglos más tarde.

En su obra maestra, *Utopía*, redactada en latín en 1515-1516 y traducida al inglés en 1551, el escritor relata las aventuras de un joven explorador, Rafael, en un mundo imaginario perfecto. En esta sociedad ideal, tanto hombres como mujeres trabajan equitativamente, todos los niños reciben una educación, la esclavitud no está muy extendida, solo se practica la guerra defensiva y el oro, que ha perdido todo su valor, solo se emplea para crear cadenas y atuendos reservados a los esclavos.

Además de contener múltiples referencias a la Antigüedad —Tomás Moro hace varias alusiones a personajes reales o ficticios y se inspira en las ideas de Platón en lo que respecta a la ciudad ideal—, esta obra conecta con el humanismo por su profundo cuestionamiento de su época. En realidad, detrás de la sociedad ideal que nos describe, Tomás Moro se entrega a una crítica feroz de la organización política de Inglaterra y de los demás países europeos de su época, y sobre todo denuncia los abusos de los monarcas, ávidos de dinero y de conquistas. Entonces, el escritor presenta ideas para establecer una «mejor forma de gobierno», según sus propias palabras. Por ejemplo, aconseja al príncipe que siga una enseñanza filosófica y que se rodee de buenos consejeros, pero también apoya un sistema que permita la representación democrática del pueblo. Según Moro, el objetivo de cualquier Estado no debería ser otro que garantizar la felicidad de sus ciudadanos.

FRANÇOIS RABELAIS O EL ARTE DE LA RISA

| Retrato de François Rabelais.

François Rabelais, nacido hacia 1494, es uno de los representantes más ilustres del humanismo en Francia. No obstante, se conocen pocos datos sobre él. Incluso su lugar de nacimiento es confuso, aunque se supone que nace cerca de Chinon, en la región de Touraine. El autor, ávido de conocimientos, entiende ya desde muy pronto que entrar en las órdenes le permitirá tener acceso a los libros. Sin embargo, en seguida se siente encerrado en esta vida de monje regular que había deseado. En 1528, obtiene la autorización para vivir en el mundo, en vez de enclaustrado en una celda. Entonces, arranca una gira por Francia, en la que para en varias ciudades universitarias y, a partir de 1530, continúa su aprendizaje en la facultad de medicina de Montpellier.

Obtiene un puesto de médico en las casas de Dios de Lyon y se radica en esta ciudad, donde frecuenta los ambientes intelectuales y se cartea con los mayores eruditos de su época, entre los que se encuentra Erasmo. También en esta época decide dedicarse a la escritura: se inspira en las *Las grandes e inestimables crónicas del enorme y gigante Gargantúa* —relatos carnavalescos que circulan gracias a la venta ambulante—, pero también en las novelas de caballería, para componer sus primeras obras —que son las más famosas—, *Pantagruel* (1532) y *Gargantúa* (1534), bajo el pseudónimo de Alcofribas Nasier. Mientras que el primero relata la infancia, la formación y las hazañas del gigante Pantagruel, el segundo se centra en su padre, el gigante Gargantúa. Con estas novelas, Rabelais no busca tanto el reconocimiento de sus iguales, sino que quiere difundir su saber en todas las clases de la sociedad, una ambición típicamente humanista. Para ello, recurre a todos los procedimientos cómicos imaginables: el gigantismo, la parodia, la invención verbal, los juegos de palabras, la exageración, los detalles triviales... Hacer reír es el lema del autor. De hecho, se cuenta que, como médico, escribió para aliviar las angustias de sus pacientes.

| Doré, Gustave, lámina que representa a Gargantúa comiéndose a los peregrinos en ensalada, 1873, grabado elaborado para una edición de las obras de Rabelais con fecha de 1873.

No obstante, conviene no caer en el error: amparado por la risa, Rabelais invita al lector a buscar «la quintaesencia», es decir, a dejar atrás el sentido literal de sus obras para descubrir el significado profundo. En efecto, el escritor aborda cuestiones cruciales como la educación, la guerra, la política o la religión, y se muestra a veces muy mordaz en sus críticas, al igual que sus contemporáneos. Rabelais, que ha sufrido mucho el confinamiento monástico y sus reglas restrictivas, imagina una organización religiosa completamente distinta, la abadía de Telema, donde la única regla es la libertad individual: «Haz lo que quieras» (Palacios 2000). Pero en estas dos primeras obras, el escritor ataca sobre todo la guerra. Así, lo cierto es que en *Pantagruel*, a través del enfrentamiento entre el gigante, ejemplo por excelencia del buen rey, y Picrochole, que encarna al tirano dispuesto a declarar la guerra a la mínima, está haciendo referencia respectivamente a Francisco I y a Carlos I de España, de quien critica con firmeza la guerra ofensiva.

Tras haber acompañado a su protector, el obispo y, más adelante, cardenal Jean du Bellay (1492/1498-1560) en varios viajes por Italia, Rabelais termina sus estudios y, en 1737, obtiene su título de doctor de Medicina. Entonces, ejerce en Lyon, da clases sobre los tratados hipocráticos (de Hipócrates, c. 460-370 a. C.) y, en 1546, saca *Tercer libro*, al que le seguirá una última novela publicada estando él en vida, *Cuarto libro*. Estas dos obras, censuradas por los teólogos de la Sorbona, presentan la continuación de las aventuras del gigante Pantagruel.

MICHEL DE MONTAIGNE Y EL ESTUDIO DEL SER HUMANO

| Retrato de Michel de Montaigne.

Michel de Montaigne, nacido en 1533, es una figura de transición de la corriente humanista en Francia. Proviene de una rica familia de comerciantes de origen bordelés y recibe una educación privilegiada. Desde los tres años, el joven Montaigne es confiado a un médico alemán llamado Horst con quien solo habla en latín y, en 1539, entra en el colegio de Guyana, que también ofrece su enseñanza en esta lengua. Esta experiencia deja un gusto amargo al autor, que deplora sobre todo que el aprendizaje se realice en grupo. Tras haber estudiado Derecho, se convierte en juez en Tribunal de Auxiliares de Périgueux y en 1557 entra en el parlamento de Burdeos. Ahí conoce a Esteban de La Boëtie (1530-1563), con quien entabla una profunda amistad que le inspirará el ensayo *De la amistad*. Más adelante, se observa un aumento de su presencia en el entorno del Tribunal.

En 1568, tras el fallecimiento de su padre, hereda una gran fortuna y la propiedad familiar de Montaigne, en la que se retira en 1571. Allí empieza la obra de su vida, sus *Ensayos*, cuyos dos primeros libros se publican en 1580. Sufre de cálculos renales, por lo que al año siguiente acude a varias ciudades balnearias en Italia y en Alemania. Su *Diario de viaje a Italia*, publicado de manera póstuma en 1774, reúne las notas que toma durante este periodo.

Es elegido alcalde de Burdeos de 1581 a 1585, por lo que Montaigne vuelve a su región natal y, a partir de este momento, cumple simultáneamente con sus actividades públicas, en especial al servicio del rey, y literarias. Continúa la redacción de sus *Ensayos* y termina la segunda edición, a la que añade un tercer libro en 1588. La última edición, que también se ve aumentada, se publica de manera póstuma en 1595.

Cuando Montaigne, que ha sido educado en latín, escribe sus *Ensayos* en francés, realiza un gesto simbólico. Esta elección es una manera de demostrar su lealtad al rey de Francia, su admiración hacia Ronsard y su deseo de convertir su libro en una obra digna de representar una lengua que entonces se encuentra en plena expansión. Con respecto al tema de esta obra monumental, se trata del propio Montaigne: «Yo mismo soy la materia de mi libro» (Duque 1997), escribe. A partir de ese momento, la escritura se presenta como un medio para conocerse. Pero más allá de cualquier pretensión biográfica, el escritor se propone estudiar al hombre en general a través de sus tradiciones, de sus costumbres, de sus hechos y de sus palabras. Según él, los detalles del día a día son mucho más reveladores que las grandes obras. Montaigne deja que su mente divague y así aborda con libertad temas tan diversos como la muerte, la enfermedad, la amistad, la educación, la soledad, la guerra, el derecho, la filosofía, la moral, la religión, etc.

REPERCUSIONES

Al contrario que otros movimientos artísticos y literarios más «puntuales», como el barroco o el romanticismo, cuyo inicio y fin están claramente identificados, el humanismo no tiene realmente un final oficial. Aunque algunos estiman que su conclusión coincide con el final de las guerras de religión, lo cierto es que la palabra «humanismo» perdura en un sentido filosófico amplio: se trata de una corriente filosófica que considera que el hombre es la medida de todas las cosas.

Además, la apertura de mente que lo caracteriza jamás se modifica y la encontramos en cada corriente literaria posterior. Sin duda, la filosofía de la Ilustración, que nace en el siglo XVIII, constituye el movimiento que se acerca en mayor medida. Montesquieu (1689-1755), Voltaire (1694-1778) y Rousseau (1712-1778), entre otros, quieren combatir la ignorancia y la oscuridad promoviendo la razón y, de esta manera, iluminar a sus contemporáneos en todos los ámbitos, de la política a la religión, pasando por la educación, la sociedad o la justicia. También podríamos hablar de Denis Diderot (1713-1784) y de Jean le Rond d'Alembert (1717-1783), los autores de la famosa *Enciclopedia* (1751-1772). Esta obra emblemática del siglo de las Luces tiene como objetivo reunir todos los conocimientos de la época, como un eco con una inmensa sed de conocimientos que definía a los eruditos de los siglos XV y XVI. No obstante, al contrario que los humanistas, que tendían a situar al ser humano en un pedestal, los filósofos de la Ilustración se muestran más objetivos en su concepción del hombre y se limitan a intentar que sea mejor y más justo.

EN RESUMEN

- Históricamente, el humanismo designa un movimiento intelectual que nace en Italia a finales del siglo XIV y que se extiende a continuación por el resto de Europa en los siglos XV y XVI. Varios factores contribuyen a su difusión: las guerras de Italia, los numerosos viajes e intercambios entre los eruditos de la época y la invención de la imprenta.

- Antes que nada, el humanismo se caracteriza por el redescubrimiento de la Antigüedad a través del estudio crítico de los textos antiguos en sus versiones originales. Así, los eruditos de la época presentan muchos comentarios, ediciones y traducciones de obras grecorromanas.

- El latín es sin lugar a dudas la lengua favorita de los primeros humanistas, que en un primer momento buscan devolverle su pureza original. Pero las lenguas vernáculas también alcanzan un auge sin precedentes. En Francia, *La Defensa e ilustración del idioma francés* (1549), de Joachim du Bellay, afirma que la lengua francesa es capaz de rivalizar con el latín y, para ello, propone enriquecerla, una misión en la que participarán muchos escritores.

- Pero el humanismo también significa una mayor confianza en el ser humano, que se convierte en la medida de todas las cosas. No obstante, tal y como explica Erasmo, «el hombre no nace hombre, se hace» (Anaya Leal 2015). Por consiguiente, la enseñanza se convierte en el centro de todas las atenciones. Erasmo, Rabelais y Montaigne entre otros tratan ampliamente el problema de la educación de los niños.

- Para acabar, en sus escritos, los humanistas se dedican igualmente a cuestionar el mundo en el que viven. Muchos autores se plantean cuál es el gobierno ideal y el perfil del buen príncipe, como Nicolás Maquiavelo en *El Príncipe* (1513) o Tomás Moro en *Utopía* (1515-1516). De la misma manera, los humanistas se hacen muchas preguntas sobre el lugar de Dios en el mundo y sobre la religión.

¡Tu opinión nos interesa!
¡Deja un comentario en la página web de tu librería en línea,
y comparte tus favoritos en las redes sociales!

PARA IR MÁS ALLÁ

FUENTES BIBLIOGRÁFICAS

- Amon, Évelyne. 2006. *Plan Bac Français (les fiches)*. París: Magnard.

- Aron, Paul, Danis Saint-Jacques y Alain Viala. 2002. *Le Dictionnaire du littéraire*. París: PUF.

- Chastel, André y Robert Klein. 1995. *L'Humanisme*. Ginebra: Skira.

- Couvreur, Emmanuel. s.f. *Cours de littérature française*. Bruselas: ULB.

- Crescenzo, Richard. 2001. *Histoire de la littérature française du XVIe siècle*. París: Honoré Champion.

- Dufays, Jean-Louis y Jean-Maurice Rosier. 2003. *Français 3e/6e*. Bruselas: De Boeck.

- Dufresne, Jacques. "More Thomas". *Enclyclopédie de l'Agora*. Consultado el 13 de septiembre de 2017. http://agora.qc.ca/dossiers/Thomas_More

- Gadoffre, Gilbert. 1997. *La Révolution culturelle dans la France des humanistes*. Ginebra: Droz.

- Larousse, "Érasme Didier". Consultado el 13 de septiembre de 2017. http://www.larousse.fr/encyclopedie/litterature/%C3%89rasme/173148

- Larousse, "François Rabelais". Consultado el 13 de septiembre de 2017. http://www.larousse.fr/encyclopedie/personnage/Fran%C3%A7ois_Rabelais/140121

- Larousse, "Michel Eyquem de Montaigne". Consultado el 13 de septiembre de 2017. http://www.larousse.fr/encyclopedie/personnage/Michel_Eyquem_de_Montaigne/126738

- Legros, Georges, Michèle Monballin e Isabelle Streel. 2006. *Grands Courants de la littérature française*. Averbode: Averbode.

- Margolin, Jean-Claude. 1981. *L'Humanisme en Europe au temps de la renaissance*. París: PUF.

FUENTES COMPLEMENTARIAS

- Anaya Leal, José Vicente. 2015. "Erasmo de Rotterdam: el humanista". *Fundación Unam*. 15 de abril. Consultado el 13 de septiembre de 2017. http://www.fundacionunam.org.mx/humanidades/erasmo-de-rotterdam-el-humanista/

- Blanco Narváez, Wilson. 2011. "Vale más una cabeza bien hecha que una cabeza bien llena". *Inem Cartagena de Indias*. 21 de mayo. Consultado el 13 de septiembre de 2017. http://www.docenteinem.org/2011/05/vale-mas-una-cabeza-bien-hecha-que-una.html

- de Róterdam, Erasmo. s.f. "Elogio de la estupidez". *Biblioteca Virtual Antorcha*. Consultado el 13 de septiembre de 2017. http://www.antorcha.net/biblioteca_virtual/filosofia/elogio/4.html

- Duque, Félix, dir. 1997. *Historia del pensamiento y la cultura*. Madrid: Ediciones Akal.

- Fuentes, Vilma. s.f. "Educación y memoria". *La jornada*. Consultado el 13 de septiembre de 2017. http://www.jornada.unam.mx/2017/04/12/opinion/a07a1cul

- Palacios, Jesús. 2000. *Los ricos también matan*. Madrid: Temas de Hoy.

FUENTES ICONOGRÁFICAS

- Rafael, *La escuela de Atenas*, 1508-1511, fresco, 500 x 770 cm, Roma, palacio del Vaticano, cámara de la Firma. La imagen reproducida está libre de derechos.

- da Vinci, Leonardo, *El hombre de Vitruvio*, c. 1492, dibujo, 34,4 x 24,5 cm, Venecia, Galería de la Academia. La imagen reproducida está libre de derechos.

- Retrato de Erasmo de Róterdam, de Quentin Metsys (1517). La imagen reproducida está libre de derechos.

- Retrato de Tomás Moro. La imagen reproducida está libre de derechos.

- Retrato de François Rabelais. La imagen reproducida está libre de derechos.

- Doré, Gustave, lámina que representa a Gargantúa comiéndose a los peregrinos en ensalada, 1873, grabado elaborado para una edición de las obras de Rabelais con fecha de 1873. La imagen reproducida está libre de derechos.

- Retrato de Michel de Montaigne. La imagen reproducida está libre de derechos.

50MINUTOS.es
Historia
Economía y empresa
Coaching
Book Review
Salud y bienestar
Arte y literatura
EL DIAGRAMA DE ISHIKAWA
Material
Método
Máquina
Madre Naturaleza
Medida
Hombres
LA GUERRA DE PALESTINA DE 1948
DOMINA EL ARTE DEL NETWORKING
¡APRENDER NUNCA ANTES FUE TAN RÁPIDO!
www.50minutos.es

ISBN ebook: 9782806297990

ISBN papel: 9782806298003

Depósito legal: D/2017/12603/302

Libro realizado por Primento, el socio digital de los editores